# FINIS CORONAT OPUS,

## OU

## DERNIER ACTE D'UN DRAME

### HÉROÏCO - TRAGICO - BURLESQUE,

### POT - POURRI

### SUIVI D'UNE FUGUE,

### PAR UNE CI-DEVANT GIROUETTE,

Fixée le 31 Mars 1814.

## A PARIS,

PATRIS, IMPRIMEUR, RUE DE LA COLOMBE, N° 4.

~~~~~~~~~~~~~~~~

2 Mai 1815.
~~~~~~~~~~~~~~~~

# FINIS CORONAT OPUS,

## ou

## DERNIER ACTE D'UN DRAME

## HÉRÖICO - TRAGICO - BURLESQUE·

Air : *O grand Saint-Nicolas.*

Le fameux Nicolas,
Qui termine son rôle,
Demande la parole ;
Ne la refusons pas,
Au fameux Nicolas.

Air *des Pendus.*

Or, écoutez, petits et grands,
Le récit des faits surprenants,
Dont mon histoire se compose ;
Je vais, en abrégé, pour cause,
Le prendre du commencement,
En attendant le dénouement.

( 4 )

Air : *Je suis né natif de Ferrare.*

Je suis né natif de la Corse,
Où la mousse naît sur l'écorce ;
Si je fus, en effet, bâtard,
Ce fut un effet du hasard.          ( *bis.* )
On m'enseigna l'art de la guerre,
Dans une école militaire,
Dès lors, le pauvre genre humain
Se vit menacé de sa fin.          ( *bis.* )


Air *de la Romance de Joseph.*

A peine, au sortir de l'enfance,
Quatorze ans, au plus, je comptais :
Un balon part, en ma présence ;
Si l'on m'en eût cru, j'y montais.
Si du ciel la bonté prospère
M'eût fait alors rompre le cou,
Qu'on verrait marcher sur la terre,
De gens que j'ai mis dans un trou !   ( *bis.* )


Air *de Marianne.*

Sur le passé, je passe vîte,
Pour venir plutôt au présent.
Toulon, Paris, de ma conduite,
Connurent le commencement.
    Voyage au Caire,
    Succès précaire,

( 5 )

De tout cela, chacun est rebattu :
  Dix-huit brumaire,
  Paix éphémère,
Le Consulat, Marengo, c'est connu.
 Cependant, au trône, en cachette,
 Je visais en bon citoyen ;
 Et quand j'eus massacré d'Enghien,
  Ma fortune fut faite.   ( *bis.* )

Air : *V' là c' que c'est d'aller au bois.*

 Enfin, je me fis Empereur :
 V' là ç' que c'est d'avoir du cœur ;
 Mais, en France, les gens d'honneur,
  Librement votèrent,
  Et tous m'acceptèrent,
 Pour leur légitime seigneur :
 V' là c' que c'est d'avoir du cœur.

  Air *des Folies d'Espagne.*

Tout allait bien, quand j'eus la fantaisie
De me bâtir, en Espagne, un château ;
Ce fut, dit-on, un grand trait de folie,
A qui l'on donne encore un nom moins beau.

  Air *du Curé de Pomponne.*

Or donc, les gens de ce pays,
 Gens par trop catholiques,

Ne reçurent point comme amis,
Mes guerriers pacifiques.
Dans toute cette affaire-là,
Je battis... la campagne...
Ah !
Il m'en souviendra,
Larira,
De la guerre d'Espagne.


AIR *du Voyage de l'Amour et du Temps.*


A voyager passant ma vie,
De Rome, je fus à Turin ;
Je fus à Vienne, à Varsovie,
Madrid, Munick, Dresde et Berlin.
A Moscou, j'eus la fantaisie
De pousser en Chine, au printemps ;
Mais l'hiver me prit en Russie,
Et me fit mal passer le temps.


AIR : *Ah! Maman, que je l'échappai belle !*

Ah ! bon dieu ! que je l'échappe belle !
A Saint-Nicolas, je dois une belle
Chandelle.
Quel pays ! bon dieu, comme il y gèle !
A Moscou, vraiment,
Je n'irai plus, sans paravent...

Air *de la Tentation de Saint-Antoine.*

Ciel ! l'univers va-t-il donc se dissoudre !
Les élémens sont ligués contre moi...
     Le bronze vomit la foudre...
     Mon trône est réduit en poudre ,
Paris se rend , et rappèle son Roi.
          Nicolas ! quelle école !
               Sur ma parole ,
               Dorénavant ,
          Je prendrai garde au vent.


Air : *Courez vîte et prenez le Patron.*

Mais , que vois-je ? eh quoi ! mes Maréchaux,
Vous aussi, vous me tournez le dos ?
— Trop long-temps, tu vexas tes égaux...
Déguerpis , et plus de propos.
               — Oh !
— Allons , dépêche-toi de signer.
          — Qui , moi , résigner ?...
Je règne et veux toujours régner.
Rendez-moi votre cœur et vos bras.
          — Non, cher Nicolas :
     Tu signeras , tu sauteras.
— Puisque , par tous , je suis condamné,
Soit fait , ainsi qu'il est ordonné.
Toi, par qui je suis abandonné,
Pour trahir, étais-tu donc né ,
                    Ney?

( 8 )

AIR : *J'ai perdu mon âne.*

J'AI perdu la France ,
Par mon imprudence.
J'aurais pu la conserver...
Mais , comment la retrouver ?...
Quelle extravagance,
De perdre la France !

AIR : *La danse n'est pas ce que j'aime.*

La France n'est pas ce que j'aime ,
Mais elle était à Nicolas ;
Et lorsque je la perds , hélas !
Je regrette le rang suprême :
Peut-on vivre sans diadême ?
Aussi , je vous le dis tout bas ,
Tout bas, tout bas , tout bas , tout bas,
En abdiquant, (*bis.*) je n'abdiquerai pas.

AIR : *A la Papa.*

L'Elbe devient mon séjour :
Cette île est vraiment gentille ,
Elle semble faite au tour ;
Et l'on en fait tout le tour ,
En moins d'un jour.
Puisque me voilà
Sans sujets , sans famille ,
Je me dis : Holà !

( 9 )

Nicolas, régne là,
    A la papa.


Mais, grands Dieux ! que me dit-on ?
Comment, la France respire !
On y rit ; et du canon ,
On n'y connaît plus le son.....
    Quelle leçon !...
  Vîte , courons-là ;
Ressaisissons l'Empire :
    La France verra
Si l'on y régnera ,
    A la papa.


Air: *Lon, lan , la , laissez-les passer* (les olivettes.)


Lon , lan , la , laissez-moi passer ,
Messieurs les Anglais , je vous prie :
On peut me laisser avancer ;
Je ne veux que recommencer.


Air *de l'Épreuve Vilageoise.*


Bon Dieu! bon Dieu ! c'est comme un' fête !
Pour moi, que la France est honnête !
C'est tout d' bon qu' j'ai fait sa conquête ,
Et je n' l'aurais pas espéré.....
Mes ci-devant sujets de France,
Puisque telle est votre espérance ,
Allons , je vous gouvernerai ,
Mieux que *Louis le Désiré.*

Je vais vous faire entrer en danse ;
Moi-même aussi je danserai.....
Tout ira bien, quand j'y serai :
Mais faudra qu' tout aille à mon gré.


Air : *Çà n' se peut pas.*


Autour de moi venez tout proche,
Mes bons amis , mes chers enfants ;
Je vous apporte chat en poche :
La paix..., un traité de vingt ans.
Mon fils et ma femme me suivent...
— Allons donc, monsieur Nicolas,
Avec vous tant d' biens nous arrivent ?
  Ça n' se peut pas !     ( *bis*


Air : *Lise épouse l' biau Germance.*


L' beau père, à coup sûr, vous triche,
S'il vous dit que, de l'Autriche,
Il renverra sans façon
Votr' roi d' Rome et vot' Louison.
De tous deux, bonne clôture,
A l'Europ' répond déjà.
— L'amour ainsi qu' la nature
N' connaiss'nt pas ces distanc's-là.


Air : *Chantez, dansez, etc.*


Chantez, dansez, amusez-vous,
Chantez-moi, fils de Polymnie

Et si je suis content de vous,
Je paîrai bien la symphonie !
Saus compter sachez me vanter,
Et je donnerai sans compter.

Air : *Je n' saurais danser.*

Nous n' saurions t' chanter,
Nous n'avons plus la recette ;
Nous n' saurions t' chanter :
Faut enfin se respecter.
Le public honnit
La louange qu'on achète :
Quand il te maudit,
Opprobre à qui t'applaudit.

Air : *d'Annette et Lubin.*

Tant qu'aux rois fut le trône,
Je fus républicain ;
Puis j'ôtai la couronne
Au peuple souverain.
Eh ! mais, oui-dà !
Comment peut-on trouver du mal à çà ?

Lorsque je pris l'empire,
Chacun fut consulté,
Et chacun, de m'élire,
Eut pleine liberté....
Eh ! mais, oui-dà !
Comment peut-on trouver du mal à çà ?

La guerre est nécessaire,
Dit-on, à ma santé :
Aussi, grâce à la guerre,
Je me suis bien porté....
    Eh ! mais, oui-dà !
Comment peut-on trouver du mal à ça ?


Ferdinand, pour arbitre
Avec Charles, me prit ;
De vrai, j'avalai l'huître,
Mais ce fut sans profit....
    Eh ! mais, oui-dà !
Comment peut-on trouver du mal à çà ?


Air : *Ce mouchoir, belle Raimonde.*


Citoyens et militaires,
A ma voix ajoutez foi :
On fait fort mal ses affaires
En ne restant pas chez soi.
Aussi, que Dieu me seconde !
Et je prétends, s'il vous plaît,
Ne plus déranger le monde,
Laisser chacun comme il est.


Air : *Joli mois de mai, quand reviendras-tu ?*


Le beau champ de mai que, chez nos aïeux,
L'esprit féodal a rendu fameux,
Au peuple français, si fier de ses droits,
Libéralement se r'ouvre à ma voix.

( 15 )

Air : *Non, je ne ferai pas, etc.*

Ma libéralité veut encore à la France
Octroyer un bienfait d'une autre conséquence ;
Après vingt ans et plus de révolution,
Comment n'a-t-elle pas de constitution ?

Air : *Un, deux, trois, quatre, cinq, six.*

Un, deux, trois, quatre, cinq, six...
Le compte est juste et précis :
  C'est la demi-douzaine ;
Et, pour nous désennuyer,
Nous en pourrons essayer
  Tant qu'une bonne vienne.

Air : *Je suis un chasseur plein d'adresse.*

Mais de celle que je propose,
Le succès doit être certain :
Le docte Regnault la compose,
Avec mon nouveau Benjamin.
Sans rien ôter à ma puissance,
Elle présente l'assurance
Que le peuple conservera
Tous les droits qu'on lui laissera.
Librement on l'acceptera,
Ensuite on l'exécutera :
Enfin on la discutera.

Air : *Si le roi m'avait donné.*

Accourez tous visiter
 Paris la grand' ville :
Électeurs, il faut hâter
 Votre pas tranquille !
Je devais vous consulter,
Mais à quoi bon discuter ?
 C'est fort inutile,
  O gué !
 C'est fort inutile.

Air : *Tarare pompon.*

Au grand rassemblement
Qui dans Paris s'apprête,
Je me fais une fête
De parler chaudement.
Pour enflammer les souches
Qui peupleront ce lieu,
J'emprunte six cents bouches
 A feu.

Air : *du haut en bas.*

 Du haut en bas,
Paris, ma chère capitale,
 Du haut en bas,
Tu m'as traité dans nos débats ;
Mais tremble qu'à tes murs, fatale,

Ma vengeance ne se signale
Du haut en bas !

AIR : *du Pas Redoublé.*

MAIS, avant tout, je veux d'abord,
Dans mon ardeur guerrière,
Aller faire un tour vers le Nord,
Le long de la frontière.
Mes fidèles D....t, B......d.,
Restez à ma portière;
L.......t doit être en avant,
Et N.y sur le derrière.

AIR : *Va-t'en voir s'ils viennent, Jean.*

CHERS gardes nationaux,
Soutiens de la France,
Accourez sous les drapeaux,
Je vous y devance.
A votre seul dévouement
Tout mes succès tiennent.....
(Va-t'en voir s'ils viennent, Jean,
Va-t'en voir s'ils viennent.)

AIR : *Partant pour la Syrie.*

PARTANT pour la Belgique,
D'H.....e, ma catin,

D'un ton mélancolique,
Je chante le refrain.
De mon retour, près d'elle,
Le jour sera brillant.
Comme elle est la plus belle,
Je suis le plus vaillant.


Air : *de Malbrough.*


Place à Croque-mitaine,
Le grand chef, le grand capitaine,
Il se promène,
En plaine,
Jusqu'à la Trinité,
Sur sa bête monté,
Et l'épée au côté.....


*Fragment de la Marche du Roi de Prusse.*


Mais de quels cris divers
Retentissent les airs ?
De la Baltique, aux rivages d'Anvers,
De soldats les champs sont couverts ;
Contre moi s'arme l'univers ;
Anglais, Russes, Autrichiens,
Belges, Suédois et Prussiens,
Et tous les peuples du nom germain
Sont au bords du Mein,
Du Rhin.

Louis, des murs de Gand,
N'ose jeter le gant,
Napoléon le grand
N'est qu'un brigand.
La France fait *chorus*,
Avec tous ces intrus,
Que j'ai cent fois battus
   et vaincus,
Mais qui ne me redoutent plus !......

  Air : *Vive Henri IV*.


  Fils d'Henri quatre,
Vous l'avez emporté ;
 Je vins combattre
Et je suis culbuté.
 Fier de m'abattre,
 Le cri, de tout côté,
 Est : *Vive Henri quatre*
 *Et sa postérité !*

 Air : *Ça n'devait pas finir comm'ça.*

Par ma foi, c'était bien la peine
D'arriver au bord de la Seine,
Sans tirer un coup de fusil !...
Maintenant, que m'en revient-il ?
 Ah ! mon Dieu ( *bis.* ) qu'c'est triste
 Pour un grand artiste !
Ça n'devait pas finir comm'ça,
Puisque ça commençait par là.   ( *bis.* )

Air : *Bonsoir, la compagnie.*

PUISQUE la France,
Sans complaisance,
Méconnait ma puissance,
Sans plus attendre,
Je vais me rendre.....
Ma foi, je ne sais où....
Mais non pas à Moscou.....
Bonsoir, la compagnie,
Ma parade est finie ;
Bonsoir,
Jusqu'au revoir ;
Jusqu'au revoir,
Bonsoir.

Air : *Du baiser et la quittance.*

Mais ne croyez pas, je vous prie,
Que lorsque je quitte ces lieux,
La France, que j'ai tant chérie,
Reçoive mes derniers adieux :
Au retour de la Sybérie,
J'y pourrai reparaître, un jour,
Au son du flageolet et du tambour.

9 782329 094366